I0684028

ODE
A PHILEMON,
Par I. BAVDOIN.

Fata viam inuenient, aderitq;
vocatus Apollo.

M. DC. XVII.

BIBLIOTHEQUE ROYALE

ODE
A PHILEMON,
Par I. BAVDOIN.

OVRCE *d'où tout mon bien procede,*
PHILEMON, *qui seul as cueilly*
La Panacée & le Moly
De qui i'attendois mon remede;
Vn regrettable souuenir
Tesmoigneroit à l'aduenir
L'excez de mon ingratitude,
Si ma Muse pour tes biens-faicts
Ne t'offroit ces petits effects
Des fruicts qui viennent de l'estude.

SANS *toy dans mon aduersité*
I'aurois trop appris par espreuue
Combien peu de secours on treuue
Quand on est en necessités

Toy seul d'vne main liberale
As rompu la cheine fatale
Qui tenoit mon ame en prison,
Et mon mal en sa violance
A tiré de ton assistance
La cause de sa guerison.

LE Ciel qui ne cesse de luire
Sur tes loüables actions
Voulant qu'en mes aflictions
Tu fusses mon seul Podalyre,
A permis pour me dégager
Du flot qui m'alloit submerger
Qu'autre que toy ie ne suiuisse,
Qui joignant l'effect à la foy
As faict d'auantage pour moy
Que Diomede pour Vlysse.

SOVVENT quand le fresle vaisseau
Au plaisir de l'orage flotte,
Neptune a pitié du Pilote,
Et calme l'audace de l'eau;
Ainsi lors que ie me lamente
Sur la vague qui me tourmente,
Ton œil, qui de loing m'aperçoit
Sert de phanal à mon nauire,
Et soudain ton bras le retire;
Et dans le havre le reçoit.

Si iamais Phebus & les Muses
Inspirent dedans mes escrits
Les faueurs que les beaux esprits
Tirent de leurs graces infuses:
Porté sur l'aisle de mes vers
Ie chanteray par l'uniuers
Les loüanges de tes Ancestres,
Et comme le Ciel les a mis
Au champ de Mars & de Themis
Pour y seruir les Rois leurs Maistres.

ALLORS d'vne diuine ardeur
Ma Calliope réchaufée,
M'inspirera les vers d'Orphée
Pour les voüer à leur grandeur,
Afin que leur gloire animée
Des bouches de la Renommée
Tesmoigne a la posterité,
Qu'vn souuenir qui tousjours dure
Maintient l'eternelle verdure
Des lauriers qu'ils ont merité.

QVE ce iour me fut fauorable,
Qui voulust que ie fusse tien!
Iour vrayment cause de mon bien
Mille & mille fois desirable;
Beau iour, qui pour chasser les nuicts
De mon esprit chargé d'ennuis,

A iij

S'anima des raiz de ta veuë,
D'où sortit vn effect pareil
A celuy qui naist du Soleil,
Quand il penetretre dans la nuë.

TOVSIOVRS des sourcilleux rochers
La foudre n'escraze la teste,
Et sans fin l'horrible tempeste
Ne faict souspirer les Nochers:
Possible qu'vn meilleur Genie
Ayant chassé la tyrannie
Du Sort, qui me tient en langueur,
Voudra (si le Ciel me conserue)
Qu'encore vne fois ie te serue
Auec plus d'aise & de vigueur.

QVE si la volage Fortune
Retifue à mon aduancement
Me veut troubler le iugement
De maint espoir qui m'inportune,
En vain de nouueaux desplaisirs
Voudront combattre mes desirs
Pour m'esloigner de ta presence,
Plustost que ce bien me rauir
Le seul bon-heur de te seruir
Me tiendra ~~bien~~ de recompence.

TON humeur à tes traits vaincœurs

Par qui la volonté se gaigne,
Et la douceur qui l'accompagne
Est la Calamithe des cœurs.
Tu ne sçais feindre ny mesdire,
Le mensonge n'a point d'Empire
Sur tes veritables propos :
L'Equité gouuerne ta vie,
Et la Fureur qui suit l'Enuie
Ne trauaille point ton repos.

SOIT qu'vne tempeste contraire
Trouble le plaisir desiré,
Ou qu'vn malheur inesperé
Du vray bien te vueille distraire,
Ton cœur inuincible à l'effort,
Agité se roidit plus fort,
Et s'esleue comme la palme:
Car dans les succez inconstans
Du sort, de la vie, & du temps
Tu sçais tousi ours treuuer le calme.

VOYANT bien que l'Ambition
Est vne mauuaise marâstre
Qui perd celuy qui l'idolatre
Tu bannis ceste passion,
Et ton ame qui se contente,
Sans mettre aux grandeurs son attente
Abhorre comme le poison

Ces Geants, qui nez de la terre
Pour vne fortune de verre
S'obstinent contre la raison.

LA franchise & la courtoisie,
Qui te font admirer de tous,
Rendent ton entretien plus doux
Que le Nectar & l'Ambrosie:
Pareil à l'Hercule Gaulois
Attirant les Cœurs par la voix
Ta bouche les charme & les mene
Auec des effects plus hardis,
Que ceux qui nasquirent iadis
Du Fils de Iupin & d'Alcmene.

ADVIENNE que de tes beaux iours,
La course en ses bornes soit telle,
Que la fin en estant mortelle
Leur memoire viue tousiours:
Puisse la vertu te deffendre
Du Temps qui reduit tout en cendre,
Et du fleuue où rampe l'Oubly;
Puis qu'elle est le Phenix vnicque
Par qui de ta Famille antique
Le merite s'est annobly.

FASSE le Ciel que la memoire
De tes magnanimes Ayeux,

Dont les Ames viuent aux Cieux,
Et les prouësses dans l'Histoire,
Rende ton Fils si desireux
D'imiter leurs faicts genereux,
Que toy luy descouurant leur trace,
Quelque iour tu le puisses voir
Plein de valeur & de sçauoir
Estre vn bel Astre de sa race.

FIN.

Superanda omnis fortuna ferendo est.

SONGE DE
PHILOMVSE.

A nuiſt ſe couronnant d'eſtoiles
Dans l'obſcurité de ſes voiles
Ne faiſoit rien voir à nos yeux
Que ces beaux feux, dont l'infleëſe
Agiſt par la ſeule puiſſance
Du ſouuerain Moteur des Cieux;

QVAND le Demon que les Furies,
Les Songes, & les reſueries
Accompagnent comme leur Roy;
Plein d'horreur & de freneſie
Me vint troubler la fantaiſie
D'vn Fantoſme animé d'effroy.

QVELQVE temps auant qu'hors de l'ondê
L'Aurore euſt quitté le noir monde
Où ſes autels fument d'encens;
Ceſte Fureur de qui la rage
Les plus Magnanimes outrage
Se rendiſt viſible à mes ſens.

SON corps (merueille incomparable!)
Pareil aux tourbillons de sable
Qu'Euripe en son gouffre reçoit,
Faisoit aux Monarques la guerre,
Neantmoins il estoit de verre,
Et touché soudain se cassoit.

TELLE que la vague chenuë
Ayant auoisiné la nuë
S'engloutit dans son Element,
Telle ceste Meduse enorme
Haussoit & raualoit sa forme
Dedans les flots du changement.

IAMAIS le Berger Aristée
Ne fut par le Deuin Prothée
Sous tant de semblans abusé,
Que ie vey d'accidens contraires,
Et d'especes imaginaires
Sur son visage desguisé.

SA teste n'auoit pour matiere
Que le vent, l'air, & la poußiere:
En vapeur son col s'estendoit;
Et sous sa perruque, peignée
Comme vne toile d'araignée
Le destin des hommes pendoit.

SES yeux, qui tous pleins d'artifice
Ne luiſoient iamais ſans malice,
Eſtoient pareils à ces Ardans,
De qui les lumieres funebres
N'eſclairent durant les tenebres
Que pour perdre les regardans.

MAIS par des effects tous de foudre
Ils reduiſoient les corps en poudre
Mieux par dedans que par dehors:
Et frappans les plus hautes ſimes
Les precipitoient aux abyſmes,
D'où iamais ne viennent les Morts.

QVELLES maſſes d'or entaſſées,
Et quelles perles ramaſſées.
Ne portoit-elle en ſes deux mains!
Dont l'vne faiſoit des largeſſes,
Et l'autre enleuoit les richeſſes,
Se mocquant ainſi des Humains.

SON corps ſemé de maint plumage
Peint comme Iris dans le nuage
M'inuitoit à m'en approcher:
Mais elle ſoudain transformée
Ne me ſembla qu'vne fumée,
Lors que ie la penſay toucher.

IL est vray que fust pour paroistre,
Ou pour mieux se faire cognoistre,
S'attachant des aisles au dos;
L'effet de sa grande inconstence
Se mit bien-tost en éuidence
Quand elle profera ces mots.

IE n'ay, dit-elle, pour Parure
Que les plumes dont la Nature
Enrichit l'oyseau de Iunon:
Sçache que ie suis Immortelle,
Que par tout Fortune on m'appelle,
Et que ie n'ay point d'autre nom.

PAR ce propos que la Farouche
Dit d'vne sacrilege bouche
S'estimant vne Deïté;
Mon ame à l'instant fut contrainte
De luy presenter ceste pleinte
Pour m'auoir tousiours mal traitté.

QVE sans fin au bas de ta rouë
Ta main desloyale se iouë
A perdre mes plus beaux desirs;
C'est trop, vengeresse Fortune
D'vne violence importune
Lancer sur moy tes desplaisirs.

POVR le moins apres tant d'angoisses
Dont iournellement tu m'oppresses
Depuis que ie vis soubs tes lois ;
Ne deuois-tu pas, ô volage,
Sereinant vn peu ton visage
M'estre fauorable vne fois?

LE Soleil pere des années
Voit sans fin mes sombres iournées
Au comble de mille trauaux ;
Soit qu'au Ciel sa torche il allume,
Soit que dans les flots pleins d'escume,
Il se plonge auec ses cheuaux.

IAMAIS sa Compagne ne guide
Son Char durant la nuict humide,
Que triste ie n'aille pensant,
La face dans mes pleurs nageante,
A ta nature plus changeante
Que son variable Croissant.

I'AY beau viure pour te complaire
Soubs vn climat qui m'est contraire ;
I'ay beau courir de tous costez:
Où que ie sois, où que ie füie
Tu roules sans cesse ma vie
Au gré de tes legeretez.

DONNE quelque fin à ma peïne,
Si tu peux de la race humaine
Les maux adoucir ou changer;
Et m'esloigne de la tempeste,
Que tu fais pleuuoir sur la teste
De ceux que tu veux submerger.

PAR ces regrets meslez de larmes
Ie taschois de rompre les charmes
Dont Elle enchantoit ma raison:
Quand ie la veis l'Inexorable
Me traitter comme vn miserable
Qu'on nazarde en vne prison.

CAR tournant mes pleurs à risée,
Plus promptement qu'vne fusée,
Ou que le feu ioinct à l'esclair,
Ce Phantosme forcenné d'ire
Disparust, & sans me rien dire
Comme vn traict se perdist en l'air.

ALORS mon humide paupiere
S'ouurant aux rais de la lumiere
D'horreur tout mon sang se gela:
Iusqu'à ce que ma peur finie,
I'apperçeu que mon bon Genie
De ces propos me consola.

NE crains point, dit-il, Philomuſe,
Cette viſion qui t'abuſe
N'eſt que la vaine ombre d'vn rien.
Dieu ſeul tient dans ſes mains encloſes
Les puiſſances de toutes choſes
Comme Autheur du ſouuerain bien.

SÇACHE qu'on ne peut ſans blaſpheme
Prendre pour la Deïté meſme
Vn imaginaire Accident;
Chacun forge ſon aduanture,
Et le Sort ne peut faire injure
A l'homme diſcret & prudent.

CETTE occaſion opportune,
Qu'on appelle bonne Fortune
Qui va les Mortels deçeuant;
N'eſtant qu'erreur & que menſonge
S'eſuanoüyſt comme ton Songe,
Et n'enfante rien que du vent.

I. BAVDOIN.

Nullum numen abeſt , ſi ſit prudentia,
    ſed nos
Te facimus , Fortuna , Deam, cœloq;
    locamus.

www.ingramcontent.com/pod-product-compliance
Lightning Source LLC
Chambersburg PA
CBHW061434170626
46811CB00005B/2266

* 9 7 8 2 0 1 1 2 6 6 2 1 7 *